¡Satán vive!

Chirimbolito

Chirimbolito
Satán vive / Chirimbolito ; Ilustrado por Jessica Gueller. - 1a ed. -
Suipacha : Pablo Adrián Rodrigues , 2025.
40 p. : il. ; 19 x 15 cm. - (Creepy Cosmos / Pablo Adrián Rodrigues)

ISBN 978-631-00-7657-7

1. Cuentos de Terror. I. Gueller, Jessica , ilus. II. Título.
CDD A860

Título original: *¡Satán vive!*
Autor: *Chirimbolito*
Arte: *Jessica Gueller*

Número de edición: Primera edición en papel
Lugar de edición: Ciudad Autónoma de Buenos Aires
Fecha de edición: 1 de abril de 2025, Buenos Aires, Argentina

Queda hecho el depósito legal establecido por la ley 11.723.
Queda expresamente prohibida, sin la autorización escrita de los titulares del
copyright, bajo las sanciones establecidas de las leyes, la reproducción total o parcial
de esta obra por cualquier medio o procedimiento, comprendidas la reprografía y el
tratamiento informático.

Impreso en Buenos Aires, Argentina

Autor: Chirimbolito | chirimbolito@icloud.com
Editor: Pablo Adrián Rodrigues | pablorodrigues@me.com

Dedicatoria

A Ítalo.

Dedicatoria

A Ítalo.

Contenido

Introducción

Dicen que el desayuno es la comida más importante del día… pero ¿qué pasa si tu tostadora no está de acuerdo?

En esta historia encontrarás de todo: un misterio inesperado, secretos peligrosos y una protagonista que descubrirá, de la peor manera posible, que hay cosas con las que no se juega. Sobre todo, cuando se trata de electrodomésticos con un temperamento… *especial.*

Así que ponte cómodo, mantén la comida lejos de cualquier aparato sospechoso, ¡y prepárate para una historia difícil de digerir!

Kari

1 de abril de 2025.

Prólogo

El otro día vi un programa de tacaños extremos. Dios santo, ¡qué chiflados! Había un sujeto que lavaba los filtros de café para reutilizarlos no sé cuántas veces; otro rellenaba el pote de kétchup con las muestras gratis que conseguía en el súper, ¡y había uno que, para no gastar agua, se lavaba el cabello en las duchas de la playa!

No sé qué tiene esa gente en la cabeza. Entiendo que algunos compren Creepy-Cola, porque la Coca original es cara… Pero ¡vamos! ¿Armar un colchón con las bolitas de poliestireno que traen las cajas del correo? ¿Cocinar un huevo frito sobre el motor de la camioneta? ¿Compartir el cepillo de dientes con tu esposa? Eso ya me parece excesivo…

Por suerte, papá no está así de loco. Es decir, aunque aprovecha los cupones que hay al final de la revista del cable, está pendiente de los descuentos del súper y jamás se pierde una de las ferias ambulantes de los granjeros del pueblo, nunca se le ocurriría lavar el auto con agua lluvia o vaciar el inodoro una vez a la semana. ¿Cómo? ¿Que nadie haría eso? Juro que no invento; ¡había una persona que lo hacía! Guá-ca-la.

En fin… Si tuviera que definir a papá, diría que es un ahorrador compulsivo. Ya saben, de esos que compran 4x2 en papel higiénico de seis rollos cada paquete. Aunque no por necesidad, eh. Trabaja como gerente en la tienda de electrónica del centro y le va muy bien; su salario le alcanza para llevarnos de vacaciones todos los veranos y para que nunca nos falte papel higiénico —aunque no necesitamos tanto como él piensa—. En realidad, según él, ahorrar es un pasatiempo. Su extraño e insólito pasatiempo…

Por supuesto, me hubiera gustado que se consiguiera otros, como ensamblar aviones a radiocontrol —igual que hace el papá de Berta—, o programar computadoras, que está tan de moda hoy en día. ¡Esas son cosas de las que puedes alardear frente a tus amigos! Pero no: cuando los vecinos arman un rompecabezas, él ordena los vales de la ferretería; cuando sus colegas hacen deportes, él llena las alacenas con productos al por mayor, y cuando los tíos se van de pesca y lo invitan, él recorre las ventas de garaje…

Al principio lo retaba: «¿Por qué no te diviertes un poco?». Pero con el tiempo me harté de luchar contra la corriente. ¿A mí me gusta la natación? A él ahorrar. Y debo apoyarlo, no importa qué tan extravagante parezca. Ni que fuera a cambiar sus manías a los cuarenta años, ¿cierto?

¡Satán vive!

Por eso, ahora trato de supervisarlo un poquito más… Verán, papá con cincuenta dólares en una venta de garaje es tan peligroso como un ladrón armado en un banco. ¡Consigue lo que sea! Y con eso me refiero a muebles, lotes de libros, adornos importados y…

¡Y una maldita tostadora poseída!

Capítulo 1

Era un sábado de otoño por la mañana. Estaba acurrucada entre las frazadas, decidiendo si me levantaba o esperaba a que papá gritara por cuarta vez que el desayuno estaba listo. Aunque ni con el quinto llamado pensaba mover un dedo. Es que papá tiene por costumbre llamarnos a mi hermano Ryan y a mí quince o veinte minutos antes de tener listas las cosas para que, al aparecer en la cocina, alguno de los dos ponga la mesa. Y, para ser sincera, mi nido estaba demasiado calentito como para caer en la trampa…

—¡Niños! —insistió—. ¡El desayuno!

Bostecé, me refregué los ojos llenos de lagañas y… me cubrí la cabeza con la almohada. ¡No me levantaría ni loca! El desayuno podía esperar una hora más. ¡Ni que estuviera obligada a fortalecer los lazos familiares en cada comida! Además, ¿qué tan complicado es preparar un tazón con leche y cereales? No hace falta un doctorado para eso…

—Está decidido —me dije—. Cuando lo considere

oportuno, ¡yo misma lo prepararé!

—¿Preparar qué? —preguntó Ryan, golpeándome el cuerpo con un oso de peluche—. Lo que te faltaba… ¡Hablar sola!

Me senté con un respingo y estiré los brazos para atraparlo. ¡Lo abrazaría con fuerza y le frotaría el coco con mi puño hasta que pidiera misericordia! Pero el enano es muy rápido y ya se había ido. ¡Siempre se escapa!

—¡Ryan! —grité—. ¡Lo lamentarás!

—No lo creo —respondió, asomándose por el umbral. Tenía el cabello revuelto y su pijama de las Tortugas Ninjas puesto al revés. Sonreía como un demonio.

—¿A que no?

—¡No! —Y entre carcajadas me mostró un dedo medio.

—Papá, ¡Ryan dice obscenidades! —chillé en un intento por que lo retara.

—Ryan, no digas obscenidades a tu hermana —escuché sin mucha autoridad. Y luego más fuerte—: ¡A desayunar, chicos!

Ryan se esfumó, y yo, conteniendo un gritito de furia, me destapé. Al final sí iría a la cocina. A desayunar, obvio; pero, antes que nada, ¡a golpear a Ryan en el hombro! Ya le enseñaría a no molestarme tan temprano. No hay nada más irritante que comenzar el día con las estupideces de tu hermano menor…

Me senté en el borde de la cama y busqué las pantuflas. Pero mis pies no las hallaron donde creía haberlas dejado.

¡Satán vive!

Por el contrario, sentí un escalofrío cuando toqué el piso. Levanté una ceja y me incliné. No, las pantuflas no estaban. ¿Y por qué faltaban también mis tenis rosas?

—¡Ryan! —exclamé—. ¡Estás muerto! —Me puse unas chanclas y salí corriendo al pasillo. No hacía frío, pues la calefacción estaba encendida y tenía puesto el camisón de invierno. De todas formas, regresé al cuarto por un abrigo—. Ryan, ¿dónde están mis cosas? —lo increpé ya en la cocina.

—¡Aquí! —dijo. Y sin levantarse de su silla, estiró las piernas y me mostró las pantuflas que me había robado—. Creo que me las quedaré…

—¡Son mías! —rezongué—. ¡Quítatelas!

—Buenos días, bella durmiente —saludó papá. Estaba de caras a la encimera llenando dos vasos con leche. Se giró y suspiró—. ¿Podrían evitar las discusiones esta mañana? —Apoyó los vasos en la mesa y se sentó.

Él es alto como el marco de la puerta y bastante delgado. No tiene canas, pero tampoco mucho cabello. ¡Y ve tanto como un topo! Por algún extraño motivo, aquella mañana ya vestía su ropa de día: un pantalón de gabardina azul y una camisa blanca impoluta. ¿Habría tenido que ir a la tienda?

—Lo intentaré —acepté de mala gana. Aunque, de camino a mi lugar, le di un puñetazo en el hombro a Ryan. Solo entonces pude sentarme en paz.

—¡Auch!

¡Satán vive!

—¿Por qué le pegas a tu hermano, Jessica? —bufó papá.

Oh, cierto. ¡No me he presentado! Soy Jessica y tengo doce años. Me gustan la natación y las películas de terror; colecciono libros de aventuras; soy muy buena en las clases de Inglés, y, en los veranos, gano unos dólares trabajando en la heladería de la tía Betty. Mis ojos son celestes, y mi cabello es rubio y lo uso bien corto.

—Porque pediste que evitáramos las discusiones, no las riñas —aclaré.

—En ese caso… —Ryan me dio un puntapié por debajo de la mesa.

—¡Pedazo de tonto! —Me había dolido bastante. No me quedé atrás y se lo devolví.

—¿Cómo te atreves? —exclamó.

—¡Eso te iba a preguntar yo!

—¡Toma eso! —Y me pateó una segunda vez.

—Papá, ¡Ryan me golpea!

—Si fuiste tú la que empezó… —se defendió.

—Chicos, chicos, que no tienen cinco años… —detuvo papá la trifulca. Y, aprovechando que se había parado para buscar el azúcar, alejó la silla de Ryan, quien no dejaba de patearme.

—¡Hey!

Fue gracioso verlo sacudir sus piernecitas en el aire. No por nada le digo «enano», ¿saben? Si mide un metro diez es mucho decir. No como yo, que sobrepaso el metro sesenta. Supongo que salí a papá. ¡Momento! Si salí a él…

¡Satán vive!

¡¿Eso significa que voy a quedarme calva?!

—Peleen más tarde, por favor. —Se sentó y vació cinco cucharadas de azúcar en su café.

—Como quieras… —Agarré de un plato dos galletas con chips de chocolate. Cuando me puse una en la boca, noté que también había tostadas—. ¿Y eso?

—Tostadas, ¿no es obvio? —contestó Ryan, dando saltitos para empujar su silla de nuevo a su lugar—. Y son mías —dijo, manoteándolas. Se las llevó a la boca y, sin untarlas con nada, las masticó como un puerco.

—Ya lo sé. Pero… ¿de dónde salieron?

Papá se acomodó los anteojos con el índice, se ajustó unos tirantes inexistentes y, con aires de triunfo, señaló una tostadora que había justo al lado de la nevera.

—¡La nueva integrante de la casa! —exclamó—. ¿No está genial?

Capítulo 2

—La compré en una venta de garaje —reveló papá, bebiendo un trago de su café. Lo suele preparar tan caliente que el humo empañó sus anteojos.

—¿Qué venta de garaje? —pregunté con una ceja en alto—. No sabía que había una hoy…

—Aparentemente, los Anderson se mudan. O se van de vacaciones; no entendí muy bien. Pero es pronto, porque están bastante apurados por deshacerse de todo —dijo—. Nuestra última tostadora se averió, así que me pareció una buena idea aprovechar la oferta. Cinco dólares, ¿qué me dices?

—¡¿Cinco dólares?! —repetí, incrédula—. Eso es menos de lo que cuesta una entrada de cine. ¡Qué ofertón! —Caminé hasta la tostadora y la analicé—. Rayos, ¡está impecable!

En efecto, era la versión clásica de General Electric —metálica, con rebordes curvos y, al costado, la palanca y la perilla de intensidad—, y parecía recién sacada de la caja.

¡Satán vive!

A tal punto lucía nueva que podía ver mi reflejo en su superficie.

—Incluso me la entregaron con el manual y los accesorios —festejó papá.

Asentí. ¡Había sido una excelente compra! Qué gusto cuando papá daba en el clavo con lo que necesitábamos. Porque, a decir verdad, ya extrañaba las tostadas con mermelada… La antigua tostadora había tirado la toalla después de seis años de uso intensivo, y papá se había mostrado reacio a traer una nueva de la tienda donde trabajaba. «Ni loco gasto cuarenta dólares en un pedazo de metal». Lo que me obligó a utilizar literalmente un pedazo de metal para tostar el pan —seguro conocen las tostadoras de fogones—. Pero la terminé guardando junto con las asaderas porque no era lo mismo. ¡Yo quería la eléctrica con temporizador! ¿Quién diría que dos meses después la tendría?

Aunque el valor… Papá es el rey de las ofertas; jamás me cansaré de repetirlo. Pero cinco dólares era una ganga incluso para él.

—¿Y funciona bien? —pregunté con desconfianza. No sería la primera vez que adquiriría un producto defectuoso o en mal estado.

Papá se encogió de hombros.

—¿Y por qué no habría de hacerlo? —Y le dio otro sorbo a su café hirviendo, como si eso resolviera la discusión.

¡Satán vive!

—Porque te costó cinco dólares…

—Sí, papá —se sumó Ryan a la charla—. ¿No te habrán estafado?

—Bueno, el dueño anterior mencionó algo acerca de un arreglo menor… Pero ¿qué más da? Las tostadas que comiste estaban bien, ¿o no?

—Les faltaba manteca. Pero sí… —dijo—. Estaban bien.

—Bueno, las hice con esa tostadora —confirmó papá—. Si quieres, te preparo otras, y de paso ves lo bien que funciona.

—¿Puedo hacerlo yo? —consulté—. Así me familiarizo con el aparato.

—Ni que fuera tan difícil utilizarlo… —comentó Ryan.

—¿Pedí tu opinión?

—Claro que puedes utilizarla, Jess —aclaró papá, extendiéndome la bolsa de pan de molde. Estaba llena hasta la mitad.

—No comeré nada que haga esa tonta —rezongó mi hermano—. Prefiero tomar veneno.

—Hay debajo del fregadero —indiqué—. Es para ratas. Tú no eres mucho más grande, así que seguro funciona.

—Chicos…

—Además, Ryan, haré una tostada, no un pato a la naranja. ¿Qué podría salir mal?

—Las vives quemando —protestó—. La última vez, me atraganté con pedazos de carbón.

¡Satán vive!

—En mi defensa, esas las cociné con la tostadora de fogón, que es más difícil de utilizar.

—¿Discutirán mucho tiempo más por una simple tostada? —preguntó papá con fastidio.

Tenía razón. ¿Cómo no iba a estar cansado de nosotros si yo, que era la que peleaba con Ryan, ya estaba harta?

—Haré las tostadas —dictaminé—. Si te gustan, las comes.

—Y si no, ¡las comeré yo! —dio por terminado el asunto papá.

—Que así sea.

Saqué dos rebanadas de la bolsa y las puse en la tostadora. Acto seguido, ajusté la perilla en la intensidad media y bajé la palanca.

Tostadas para una mañana de frío. ¡Qué delicia!

Capítulo 3

Mientras esperaba que los panes saltaran, observé el jardín trasero por la ventanita. El viento arremolinaba las hojas secas del arce, haciéndolas danzar en pequeños círculos, y una ardilla arrastraba lo que me pareció ser una nuez. Su pelaje estaba alborotado y su cola se agitaba con nerviosismo. ¿De dónde habría sacado esa nuez? Hasta donde sabía, no había nogales cerca.

Aproveché el calor de la tostadora para entibiar mis manos. Era un aparato potente, no cabía la menor duda. O, bueno, uno con poco uso. Porque si lo comparaba con la anterior chatarra… Esa tardaba dos pasadas en terminar las rebanadas de pan. Y la perilla de intensidad… Siempre al máximo o las resistencias apenas se ponían naranja.

—Huele delicioso —comentó Ryan.

—No suelo coincidir con el enano, pero… —Acerqué la nariz a las ranuras del aparato y olisqueé exageradamente—. ¡Tiene razón!

—Sí, parece una excelente tostadora —afirmó papá,

poniéndole más azúcar a su café. Rayos, ¿por qué no hacía al revés y le tiraba una cucharada de café al frasco de azúcar? Hubiera sido más sencillo—. Ahora me arrepiento… ¡También debería haber comprado la licuadora y la cafetera!

—¿Estaban al mismo precio? —consulté.

—Cinco dólares cada electrodoméstico.

—Bueno, puedes darte una vuelta más tarde y ver si quedó algo —propuse.

—Lo dudo… —Chasqueó con la lengua y añadió—: Peter Hampton también estaba husmeando la venta.

—Oh…

Peter Hampton es el némesis de papá. ¡Y todos en la casa lo odiamos! Bueno, creo que «odiar» es una palabra muy fuerte; quizás sea más exacto decir que no lo queremos cerca. La razón es sencilla: siempre que hay una oferta interesante en el pueblo, él y papá terminan enredados en una batalla silenciosa para ver quién la consigue primero. Y, por lo general, el ganador es Hampton. Pero ¡porque es un tramposo!

—Iré de todas formas —decidió papá—. Quizás haya quedado algo…

¡*ZAZ!* La tostadora escupió los panes con tanta fuerza que uno pasó zumbando a centímetros de mi nariz. ¡Por poco y no me saca un ojo! Por suerte, volvieron a caer adentro de las ranuras. Traté de agarrar uno con la mano, pero estaba demasiado caliente, así que busqué una pinza en el cajón de los cubiertos y la usé para…

—¿Qué demonios?

Pestañeé. Había algo escrito en el centro del pan. Eran palabras dibujadas en una tonalidad de marrón más claro, como si alguien hubiera raspado la superficie de la tostada con un cuchillo.

«Hola, Jess», decía el mensaje.

Miré la tostada, luego la tostadora, y de nuevo la tostada. No… ¡No podía ser! Sin lugar a dudas, tenía que tratarse de una broma; no podía haber otra explicación. ¡Me negaba a que hubiera una! Porque aceptar la más lejana posibilidad de que la tostadora me estuviera hablando significaba que ya no estaba en la cocina, ¡sino en la Dimensión Desconocida!

Cerré los ojos, me los refregué, sacudí la cabeza, me pellizqué… En cinco segundos, usé todas las estrategias que conocía para despertar de un sueño. Pero, al abrir los ojos, el mensaje seguía allí. ¡No me lo estaba imaginando!

—*Wow*… —musité.

—Mueve el trasero, Jess; ¡no tengo todo el día! —apremió Ryan.

—¿Acaso tienes que ir a la escuela?

—No.

—¿Trabajas?

—Tampoco…

—Entonces, ten paciencia, por favor.

Apoyé la tostada en un platito para que él y papá se

sorprendieran tanto como yo. ¡Moría por ver sus caras; no todos los días encuentras un electrodoméstico parlanchín! Pero, cuando planeaba mostrársela, papá me recordó que había olvidado la segunda tostada.

—Quedó una en la tostadora —indicó.

—¡Cierto! —Agarré la segunda tostada y…—. Dios santo…

¡Se me heló la sangre y la piel se me puso de gallina! También había un mensaje. Sin embargo, no era tan inocente como el primero. Este… Este era más oscuro y tenebroso; era siniestro…

Dejé caer la tostada en el plato y mis ojos recorrieron las letras una a una. El mensaje era… era…

Tragué saliva. No quería creerlo; pero ahí estaba…

«¡Satán vive!».

Capítulo 4

—¿Todo en orden, Jess? —preguntó papá.

—Em… —Ladeé la cabeza—. Creo… Creo que no…

¿Qué debía responder? ¿Que la tostadora parlanchina estaba poseída por Satanás? Sonaba tan ridículo como decir que el microondas relataba los partidos de fútbol o que la nevera ensayaba tap por las noches. Pero ¿los panes no sugerían exactamente eso? Había dos mensajes bien claros —¡y personalizados!— que no dejaban lugar a dudas. O sea, ¿qué otra interpretación había de «¡Satán vive!»?

Por otro lado, ¿y si estaba delirando? ¿Y si en realidad convalecía en la cama presa de una gripe y una fiebre fenomenales? Una vez, en una de esas, Ryan había pasado toda la noche sudando y gritando que el maestro Splinter lo tenía en un campo de entrenamiento *ninja*, obligándolo a hacer flexiones sobre brasas ardientes. ¿Por qué no podía imaginar yo que la tostadora estaba poseída?

Me llevé la mano a la frente, pero no sentí calor, solo el

frío de la duda. Quizás solo necesitaba dormir un poco más. Sí, ¡eso tenía sentido! O tal vez… tal vez me estaba volviendo loca…

—¡Las tostadas, Jess! —clamó Ryan—. Antes de que me haga viejo, por favor.

Levanté el platito y, con la mano temblorosa y los dientes castañeteando, lo llevé a la mesa. El terror y la sorpresa por verme mezclada en una situación de ultratumba mantenían mis labios pegados. Quería contarle a papá que la tostadora estaba defectuosa —por describirla de algún modo—, pero ¡no podía!

—¿Manteca o mermelada, hijo? —preguntó papá.

—¡Una y una!

—A tus órdenes.

Papá agarró la primera tostada —«Hola, Jess»— y la untó con manteca, arruinando el mensaje en el proceso. No sé si no lo leyó por distraído o por apurado; pero no lo hizo. Luego se la entregó a Ryan que, fiel a su voracidad, la comió sin dejar una miga.

—Papá… —musité.

—¿Sí, hija?

—Creo que… —Señalé el segundo pan; esperaba que ese sí lo leyera—. La tostadora…

—Funciona genial, ¿no? —dijo con una enorme sonrisa.

—¡Muero de hambre! —exclamó Ryan.

Papá untó la tostada con tanta mermelada que el

mensaje desapareció en segundos, como si nunca hubiera existido. ¡Mi última prueba, borrada bajo una gruesa capa de fresas! Ni siquiera Ryan se fijó en ella, porque se la metió de un solo bocado.

Bueno, ahí se había ido la evidencia. ¡Ya nadie me creería! Pero, por otro lado, el asunto se había resuelto. Si no había pruebas, no había de qué preocuparse, ¿verdad?

Miré la tostadora. Inofensiva, reluciente… Por fuera, parecía una como cualquier otra. Pero por dentro… Definitivamente, había algo mal en ella. ¡Y no era mi imaginación! Como tampoco lo era que la ranura superior me sonriera con descaro…

Sacudí la cabeza. ¿En qué aprietos nos había metido la compra de papá?

Capítulo 5

—¿Por qué esa cara de panqueque? —preguntó Ryan al verme hecha una estatua en medio de la cocina.

No podía culparlo: si yo me hubiera visto en un espejo, seguro le habría dado la razón. ¡La tostadora me había hablado! Y, aparentemente, el espíritu que la poseía no era amistoso… ¿Quién no hubiese empalidecido ante un esbirro de Satanás?

—Sí, hija; parece que hubieras visto un fantasma —agregó papá.

—Es que… es que… —Sacudí la cabeza—. Nada… No es nada.

—¡Qué bueno que aceptes con tanta alegría que tu novio te dejó!

Me repuse en un parpadeo y miré con furia a mi hermano.

—¡No tengo novio, tarado! —aseguré. Lo que no era del todo exacto, porque había un chico del otro curso que me tenía suspirando. Pero ni Ryan ni papá tenían por qué enterarse.

—¿Segura? —cuestionó, bebiendo un poco de jugo de naranja para bajar las tostadas.

—¡Segura!

—¿Segura segura?

—¡Segurísima! —chillé—. ¡No tengo novio!

—Entonces, no te quedes ahí parada y haz más tostadas.

—Tú no me das órdenes, enano —advertí, señalándolo con el índice—. ¡Haré las tostadas cuando me dé la gana!

—¿Y cuándo será eso?

—Ahora —respondí, girándome hacia el aparato—. Porque me parece que tendremos que llamar a un sacerdote… —susurré.

Me acerqué a la tostadora con precaución. Le di un empujoncito para ver si me daba una descarga, se escapaba saltando o movía algún otro objeto. Pero no hizo nada. Lo que me llevó a pensar si, por más real que habían parecido los mensajes, no me los había imaginado…

—«Ahora» es ya —indicó Ryan—. No la semana que viene.

A regañadientes, tomé dos rebanadas de pan, las observé de ambos lados y, cuando estuve segura de que no estaban marcadas ni escondían trucos, las coloqué en la ranura de la tostadora. Solo por si acaso, usé el mango de una cuchara para bajar la palanca; debía ser precavida.

Esperé a una distancia prudencial. ¡No sabía qué

resultaría de esas nuevas tostadas! ¿Habría otro mensaje? ¿Ryan se desternillaría de la risa y confesaría que todo había sido obra suya? Las preguntas que me hacía eran miles, ¡millones! Aunque había una que me intrigaba más que el resto: ¡¿por qué rayos no me había quedado en la cama?!

Supongo que era inevitable. ¡Los designios de Dios habían actuado sobre mi vida! ¿O había sido el diablo…? Quizás no fuera tan buena idea escarbar en el asunto.

¡ZAZ!

—¡Ay! —grité.

—¿Acabas de asustarte con la tostadora? —preguntó Ryan con una ceja en alto.

—Cállate…

Blandiendo la pinza, agarré el primer pan. De un lado solo estaba tostado, pero del otro…

«Sí, Jess; estoy poseída».

Mi estómago se retorció. Ese mensaje no era nada gracioso. Pero, bueno, también era real y eso zanjaba un montón de dudas, ¿no? La parte de si la tostadora estaba poseída o no ya me la podía saltear.

Apoyé la tostada en el platito y agarré la segunda. Debo confesar que, así como tenía miedo, una parte de mí quería saber más. ¿Qué buscaba transmitir la tostadora? ¿Advertencias? ¿Deseos? ¿Planes malévolos? ¿Los números de la lotería? ¿Acaso quería abrir un portal hacia el inframundo? No lo sabría hasta leer el segundo mensaje.

¡Satán vive!

Por eso, di vuelta la tostada y…

—¡Rayos!

Mi corazón dio un vuelco; hubiera preferido el portal al inframundo. Es decir, ¿qué tan difícil hubiera sido batallar contra las legiones de Satán? Agua bendita, un par de cruces, ¡y de vuelta a arder en el noveno círculo del infierno, demonios!

Pero no. ¡La tostadora tenía otros planes para mí! Porque el segundo mensaje decía:

«Sé tus secretos».

Capítulo 6

No me arriesgaría a que papá o Ryan leyeran las tostadas. ¡No, señor! Porque los conocía muy bien. Desde que habíamos perdido a mamá en ese accidente, ambos se habían vuelto muy sobreprotectores. Y si leían esos mensajes, en vez de deshacerse de la maldita tostadora, ¡me sentarían en un tribunal familiar hasta sacarme cada pecado desde el jardín de infantes!

—Ah, pero no en mi turno… —dije. Y comí las tostadas tan rápido que no le di tiempo a Ryan de detenerme.

—¡Mis tostadas! —gritó—. ¿Por qué te las comiste, tonta?

—Porque… —Tosí una lluvia de migas—. Porque… —Fui por mi vaso de leche y bebí un poco—. Porque yo también tengo hambre. ¿O qué, te las comerás tú solo?

—Bueno… —Sonrió con picardía—. ¿Por qué no?

—Porque no vives solo en esta casa.

—¿Quieres que haga las siguientes tostadas, Jess? —se

ofreció papá—. Siéntate; yo me encargo.

—Em… —Negué enfáticamente; no era una buena idea—. Tranquilo, papá; las haré yo —dije—. Y también les untaré manteca y mermelada.

—Como gustes…

—Y haz rápido —agregó Ryan.

Llevé la manteca y el frasco de mermelada a la encimera, y pensé en qué medidas serían las más sensatas contra una tostadora poseída por el demonio. Porque, de una forma tan tonta como inevitable, me veía impulsada a continuar tostando pan. Bueno, no exactamente; nadie me obligaba… Pero dejar que papá se ocupara del desayuno y leyera los próximos mensajes era lo mismo que gritar mis secretos a los cuatro vientos. O sea que, en el fondo, sí estaba obli…

Momento. ¿De qué secretos estaba hablando la tostadora? Yo no ocultaba nada a nadie. ¿Acaso quería extorsionarme? Que estuviera poseída no le daba conocimientos sobre lo que yo había hecho o dejado de hacer, ¿cierto?

Cerré los ojos e intenté recordar… ¡Maldición! En cada película de terror siempre había algo en común: los demonios sí conocen tus secretos. Y lo peor de todo: no dudan en usarlos en tu contra…

Me sentí observada. Pero, sobre todo, juzgada por algo que ni siquiera comprendía… ¿Acaso había hecho algo malo? Esos mensajes me empezaban a poner nerviosa.

¡Satán vive!

—¡Avíspate! —exclamó Ryan.

Suspiré, resignada. Mis manos temblaban. No quería poner los panes en la tostadora, pero ¡tampoco podía evitarlo! Así que los coloqué en la ranura y, un minuto después…

¡ZAZ!

Las tostadas salieron disparadas como si el mismísimo infierno las hubiera escupido. ¿Qué dirían esta vez? Mi corazón latía tan fuerte que casi podía oírlo…

Capítulo 7

Leí la primera tostada. El mensaje decía: «Reprobaste Matemáticas». Lo que era verdad, pues había sacado un dos en la última prueba y, ante las reiteradas preguntas de papá, había dicho que había sacado un siete.

—Impresionante…

Al final, la sabiduría de la tostadora no era ajena a mis secretos. ¡Era como la Espada del Augurio pero manejada por Belcebú! Sin embargo, debería esmerarse un poco más si quería asustarme, porque…

—*No sé si está enterada, señora tostadora* —dije para mis adentros—, *pero las mentiras tienen patas cortas. O, bueno… ¡Duran hasta que lo ve papá! Y lo tengo bien escondido.*

Así que, técnicamente, reprobar Matemáticas no era un secreto que me preocupase en lo inmediato. Sí, tarde o temprano, la verdad saldría a la luz y papá se enteraría; pero, para ese entonces, ya habría revertido mis notas. El asunto es que la segunda tostada… Esa no era tan ingenua. De hecho, me puso en alerta porque tenía el dibujo de un corazón flechado. ¡Y mi nombre y el de Chad en el centro!

Maldición, ese sí que era un secreto que no quería revelar a nadie. Porque papá investigaría a Chad, Ryan me haría bromas hasta el final de los tiempos, y Chad… ¿Ya dije que también le gustaba a mi amiga Berta?

La boba moría por él. ¡Se arreglaba todos los días para llamar su atención, le sonreía como si fuera un príncipe de cuento de hadas, le regalaba dibujos —algunos con corazones— y hasta había intentado aprender sobre fútbol solo para impresionarlo!

Aunque ¿por qué me preocupaba? Si yo apenas había charlado con él en los recreos… Nada grave. Porque dos personas que conversan no puede considerarse un pecado o una traición, ¿cierto?

—Jess… —resopló Ryan.

—Sí, sí; ¡ya va! —Usé un cuchillo para raspar los mensajes de las tostadas y luego las unté con abundante manteca y mermelada. ¡El cuerpo del delito había desaparecido!—. Aquí tienes. ¡Que te atragantes!

Iba a sentarme en mi lugar y dejar que la estúpida tostadora se riera de mí —más tarde, tranquila y con un plan, me ocuparía de ella—, cuando papá se levantó.

—¿A dónde vas? —le pregunté, alarmada.

—A hacerme unas tostadas —contestó como si fuera lo más obvio del mundo—. ¡También quiero!

Dejé caer la cabeza y resoplé. ¡Qué mañana larga tendría!

¡Satán vive!

—Me he convertido en la especialista; yo me encargo.

—Pero…

Me adelanté a papá y tomé su lugar frente a la tostadora como una heroína de película.

—Déjaselo a una experta, ¿sí?

—Bueno… —Se sentó y bebió un poco de café—. ¡Gracias!

—De nada… —Me ajusté el volante del camisón, agarré dos panes de la bolsa y los puse en la tostadora. Bajé la palanca y, con los ojos entrecerrados, dije—: Cuidado con lo que haces, engendro de Satán…

—¿Estás hablando sola otra vez? —se burló Ryan—. Papá, ¡Jessica está loca!

—¡Cállate! —grité, sintiendo que las palabras salían más de frustración que de enojo. No estaba de humor para las bromas. ¡Nada era una broma cuando mis secretos estaban a punto de ser expuestos!

Me crucé de brazos y observé la tostadora con una mirada desafiante. El juego ya había comenzado. Y, aunque me tenía agarrada de las narices, no le permitiría ganar tan fácilmente…

Capítulo 8

¡ZAZ! Dos nuevas tostadas saltaron como resortes y amenazaron con destruir mi adolescencia.

—A ver qué te tramas ahora…

El primero no era un mensaje escrito, sino un dibujo. Bueno, «dibujo» es un decir, porque esto se parecía muchísimo a una fotografía tomada con una Polaroid. Estaba lleno de detalles, de relieves, de texturas, de sombras… Era increíble lo que ese aparato podía hacer. Y más increíble aún porque la imagen mostraba a…

¡Mostraba a Chad y a mí besándonos!

Em… Supongo que es el momento de confesar que él y yo no solo hablamos en los recreos, sino que también dimos un paseo por el centro del pueblo, comimos unos panecillos en el café que está frente a la heladería y… Sí, sí, lo admito. ¡Me declaro culpable! También nos dimos un beso fugaz a la salida del cine.

Beso del que Berta no está enterada, obvio.

—¿Jess? —preguntó papá, a quien la panza le rugía por

¡Satán vive!

falta de tostadas.

Giré mi cabeza.

—¿Sí?

—Las tostadas…

—Oh… —Asentí—. Quieres comerlas, ¿verdad?

—Sí, estaría bueno —respondió—. ¿Las traes?

Apoyé la fotografía en el platito y, con el corazón que me latía a mil kilómetros por hora, tomé la segunda tostada con la pinza. No quería voltearla. ¿Y si había un secreto más íntimo que el anterior? Pero ¿qué podría ser? ¿La vez en que fingí estar enferma para faltar a clases? ¿Cuando devoré los dulces de Halloween de Ryan y culpé a Bob, el perro del vecino? ¿Acaso haber roto la vitrina de trofeos de la escuela y esconderme en un casillero para que nadie se enterara?

Rayos, rayos ¡y más rayos! Cualquier escenario que se me ocurría era peor que el anterior. Algunos me sonrojarían; otros me significarían burlas y los peores, ¡castigos inimaginables! Debía ser valiente, ¡una tostadora no arruinaría mi sábado! Pero, por otro lado, no quería correr riesgos… Por eso, antes de que el segundo pan se grabara en mis retinas, actué por puro instinto.

—Papá, tu hija se está comiendo tu tostada… —señaló Ryan.

Pero ¡estaba equivocado! No comía una, ¡sino las dos! Aun a riesgo de atragantarme.

—Jess, ¿qué te sucede? —me reprendió papá.

¡Satán vive!

—Ef que… fenía fambre… —murmuré con la boca tan llena que apenas podía mover la mandíbula. Si seguía masticando así, me convertiría en una de esas ardillas glotonas de las caricaturas.

—Mejor ve a sentarte —sugirió.

—No, no… —gimoteé—. ¡Yo fe faré las fostadas!

Papá negó con la cabeza y se levantó de la silla; no tuve que ser una demonio con telepatía para entender que daría por finalizado mi turno con la tostadora. ¡Y eso era sinónimo de que mis secretos quedarían al descubierto!

No, ¡no podía permitirlo! Debía tomar cartas en el asunto antes de que fuera muy tarde. Pero no se me ocurría nada… Maldición, ¡necesitaba más tiempo y papá ya estaba a centímetros de…!

Sí, ¡eso era! Con disimulo, agarré el frasco de mermelada y, al mismo tiempo, tanteé el cable de la tostadora con los dedos. Un leve tirón. Otro más. Nada… Vamos, ¡antes de que papá se diera cuenta! Un último tirón, ¡y listo! La tostadora estaba muerta.

Ahora solo debía rezar para que papá no fuera tan perspicaz…

—Quédate aquí, quietecita —dijo papá, llevándome de los hombros hasta la silla—; que yo haré las tostadas.

—Fero ¡fafá!

—Papá nada —gruñó—. Te comportas como un niño.

—¡No me compares con esa idiota! —exclamó Ryan.

Tragué rápidamente las tostadas y dije:

¡Satán vive!

—¿Por qué mejor no comes un tazón con cereales?

—Porque acabo de comprar una tostadora y quiero probarla —respondió papá.

Sí, la tostadora que los Anderson se habían sacado de encima por cinco dóla…

Ahora que lo recordaba, ¿los Anderson no se habían divorciado hacía poco tiempo? ¿Y si la tostadora había revelado los secretos de la pareja? ¿Un mensaje, una confesión, una foto en un pan…?

Tragué saliva. Si la tostadora podía romper matrimonios, entonces mi familia estaba sentada sobre una bomba de tiempo…

Capítulo 9

Papá sacó las últimas dos rodajas de la bolsa y las colocó en la tostadora. Dos panes, dos secretos, ¡dos ases bajo la manga! Suficientes para confinarme durante cinco o seis años al rincón más profundo de mi cuarto.

Pero la tostadora estaba apagada. Y si estaba apagada, no podía hacerle daño a nadie, ¿verdad? O sea, el cable yacía inerte sobre la encimera; podía verlo desde mi silla asomándose detrás del frasco de harina.

—Papá…

—No lo molestes, glotona —sermoneó Ryan—. De hecho, ¿por qué no sales a ver si llueve?

Papá bajó la palanca de la tostadora, y, con mis ojos abiertos como platos, noté que esta se encendía. Pero ¡si no estaba enchufada! ¿Cómo era eso posible? Intuyo que la respuesta era sencilla: ¡porque estaba maldita! Y si algo nos ha dejado en claro el cine de terror es que los electrodomésticos poseídos no necesitan electricidad para funcionar. ¡La cuenta de la luz la paga el diablo! Seguro que en el infierno tienen un departamento encargado únicamente de esos casos.

Escuché el crujir de los panes; el calor de la tostadora escribía sobre ellos mis secretos. ¡Y no había nada que pudiera hacer para detenerla! No se me ocurrían ideas… Bah, tenía algunas; pero eran absurdas. Porque no había a mano agua bendita, cruces, ni tampoco una biblia como para leer un fragmento. ¿Cómo exorcizar un demonio sin las herramientas adecuadas? Pensé luego en lanzar la tostadora por la ventana, pero papá me lanzaría a mí después.

¿Para qué mentir? Estaba acabada… Lo que son las vueltas del destino, ¿no? Un día te quedas dormida viendo clips de música en MTV y, al otro, ¡eres víctima una tostadora poseída!

—Papá…

—¿Qué quieres, Jess?

Intercambié una mirada entre él, Ryan y la tostadora. El tiempo se acababa y mi cerebro estaba tan seco como las galletas que trae la abuela para Navidad o mi fe en…

Sí, ¡eso era! Se me había encendido la bombilla. ¡Al fin! ¿Para qué necesitaba agua bendita o una cruz si tenía algo tan poderoso como la fe? ¿La profesora de Catequesis no repetía siempre, con su mirada severa y su vozarrón, que la fe mueve montañas? Y si mueve montañas, ¿no podía también cargarse a una estúpida tostadora?

Tenía que poner en práctica mi idea. ¡Era ahora o nunca!

¡Satán vive!

Si funcionaba, la paz regresaría a mi vida. Y si no… Bueno, al menos moriría con el estómago lleno.

Capítulo 10

—¡PAPÁÁÁ! —grité de improviso.

Papá dio un salto fenomenal y se agarró el pecho, como si hubiera estado a punto de sufrir un infarto.

—Ay, ¡Jessica! —chilló—. ¡¿Por qué gritas así?!

—¡Estamos comiendo sin haber bendecido la mesa! —exclamé—. ¡Hay que bendecir la mesa!

—¿Bendecir la mesa? —repitió Ryan, con una ceja en alto—. Nunca lo hacemos… Además, no eres muy católica que digamos —señaló—. O si no, dime: ¿cuándo fue la última vez que pisaste una iglesia?

—¿Y a ti qué te importa? —Le dediqué un dedo medio y repetí—: Hay que bendecir la mesa, papá. ¡Ahora mismo!

—¿De verdad lo dices, Jess? —me consultó.

Me puse de pie, hice la señal de la cruz, bajé la cabeza y cerré los ojos en actitud solemne.

—Muy de verdad. —Extendí las manos y pregunté—: ¿Quién empieza?

Ryan resopló.

¡Satán vive!

—¿Le haremos caso a esta chiflada? —cuestionó—. Habla sola, se asusta con una tostadora, y ahora quiere bendecir la mesa… Propongo que la mandemos a un loquero.

—No hables así de tu hermana —retó papá—. Porque, aunque sí suena rara, tiene razón: hay que bendecir la mesa; tu madre siempre lo hacía.

—¿Quién empieza? —apremié—. ¡No podemos seguir comiendo sin la bendición!

—Pero ¡si ya nos comimos todo! —dijo Ryan—. ¿O hablas de las migajas?

—Ryan… —gruñí.

¡ZAZ!

—Oh, ¡las tostadas! —se relamió papá.

—¡La bendición! —insistí—. ¿Me ayudan?

—Bueno, bueno… —aceptó papá con un soplido. Hizo la señal de la cruz y agarró una de mis manos—. Si quieres, yo comienzo.

—Perfecto.

—Y perdón si no recuerdo cómo se hacía…

—Descuida; lo importante es la intención —señalé.

—Yo no puedo creer lo que estamos haciendo…

—Toma la mano de tu hermana, Ryan —ordenó papá—. Vamos.

—Sí, no seas un hereje —lo reté.

—*Okey…*

Cuando mi hermano se sumó a la ronda, papá dijo:

¡Satán vive!

—Señor, bendice esta mesa y las personas que la comparten…

—Huy, Jess; creo que arderás en el infierno… —comentó el enano—. ¡Tú no has compartido nada!

—Ryan…

—Que este momento nos recuerde tu bondad —continuó papá, haciendo caso omiso a la pelea—, y que nos dé fuerzas para… —Busco las palabras en su cabeza—. ¡Para el día que tenemos por delante!

—¿Amén? —preguntó Ryan.

Papá me consultó con la mirada si era suficiente; pero yo, que observaba la tostadora y los panes por el rabillo del ojo, y advertía que no eran afectados por la oración, tomé la posta:

—Señor, también bendice estos alimentos que vamos a recibir…

—Jess ya recibió media bolsa de pan… —oí.

—Papá, dile al idiota que se calle —supliqué.

—Ryan, guarda silencio. —Y me hizo un gesto para que continuara.

—Como decía… —Me aclaré la garganta y pronuncié con empeño—: Bendice la leche, el jugo de naranja, el agua, la manteca, la mermelada…

—¿De verdad enumerarás todos?

Eché un vistazo a mi alrededor; no quería olvidarme de nada.

—Las harinas y conservas, las verduras y cereales… —

¡Satán vive!

Inspiré y añadí—: ¡Y todos los panes de la casa! —La tostadora se sacudió. Fue un movimiento imperceptible; pero lo había hecho—. También bendice esta cocina… —Escuché un débil chisporroteo. Por un segundo, pensé que lo había imaginado. Pero no, ahí estaba: el leve chasquido, el aroma a algo más que pan tostado… ¡Era la señal!—. Bendice los muebles que hay en ella y… y… —La tostadora temblaba—. ¡Y todos los electrodomésticos que utilizamos! Como la nevera, el microondas, la exprimidora de jugos y sobre todo a… —Le guiñé un ojo a la tostadora y concluí—: ¡A la recién llegada tostadora!

—¿Amén? —consultó Ryan, queriendo soltar mi mano.

El chisporroteo se intensificó y un pequeño hilillo de humo se elevó desde las ranuras de la tostadora hasta el techo. Un instante después, el olor a quemado llegó a mis fosas nasales. Hubiera jurado que era más placentero que el de las tostadas.

—¡Sí, enano! —exclamé—. ¡Amén!

Y, con esa palabra, el detector de humo se activó y la tostadora se prendió fuego.

—¡Me lleva el diablo! —gritó papá—. ¡La tostadora se quema! —Y se apuró a tirarle encima mi vaso de leche.

—¡Haz algo, papá! —gritó Ryan—. ¡Nos quedamos sin tostadora!

Papá empujó el aparato adentro del fregadero y abrió los grifos de agua. Pero ya era tarde: la tostadora echó su último estertor, un chispazo apagado y débil, y su reluciente superficie se empañó. Un humo denso y amargo se enroscó en el aire, y la cocina se impreg-nó con el inconfundible aroma a cables quemados.

—Esto es una catástrofe… —se lamentó papá, abriendo junto a Ryan puertas y ventanas.

Yo, por mi parte, me serví unos cereales y observé la escena con satisfacción. La guerra había terminado.

Y la tostadora había regresado al infierno, ¡lugar del que nunca debería haber salido!

FIN

Epílogo

Como era de esperar, me echaron la culpa del incendio a mí: «¿Por qué tenías que sobrecargar la tostadora, Jess?», se había enojado papá. Pero lo que él no sabía era que nuestra oración había sido la responsable. Aunque daba igual: el chamuscado aparato había terminado en el contenedor de basura, en una bolsa negra, sellada con cinta adhesiva, rodeada de crucifijos y con una nota que decía «Pañales rotos». Ya no causaría ningún mal a nadie.

Por suerte, el resto del sábado transcurrió con absoluta normalidad: hice mi tarea, ayudé a papá con los menesteres de la casa y, tal vez… no lo sé… ¿haya dado una vuelta en bici con Chad? Sin embargo, el domingo por la mañana… El domingo fue otra cosa.

Ay, papá, ¿por qué aprovechas todas las ofertas?

—Hoy tendremos que conformarnos con cereales, pedazo de tonta —expresó Ryan, mientras entrábamos a la cocina. Nos dejamos caer en nuestros lugares y bostezamos largamente.

¡Satán vive!

—Chicos, chicos, no empiecen —advirtió papá. Estaba de espaldas a nosotros haciendo algo en la encimera—. No hay tostadas porque nos quedamos sin tostadora. Pero hay… —Un potente zumbido nos aturdió. Habrá durado veinte interminables segundos—. ¡Hay licuado! —festejó, presentando con gran pompa una nueva licuadora.

Quitó la cubeta y llenó dos vasos altos. Le entregó uno a Ryan y el otro a mí.

—¿Qué demonios es esto? —pregunté, alejando la silla de la mesa.

—Un licuado preparado con la licuadora que les compré a los Anderson hoy por la mañana —explicó—. ¡Por cinco dólares!

—¡Eres un genio, papá! —felicitó Ryan.

—Sí, bueno… —Se encogió de hombros—. Tal vez. Lo que sí, me quedé con las ganas de la cafetera. Es una pena, Jess, que el papá de tu amiga Berta se la haya llevado cinco minutos antes que yo.

—¿El papá de Berta…?

—Iba de visita a lo de su madre cuando se topó con la venta y paró a ver qué encontraba.

—Olvídalo, papá —dijo Ryan—. De todas formas, haz hecho una gran adquisición.

Miré el aparato. Lucía nuevo, reluciente… ¿Acaso también endemoniado?

—Sí, genial… —murmuré.

—¿Y de qué es el licuado? —quiso saber Ryan.

¡Satán vive!

—De banana, manzana, fresas…

Hice memoria. ¿Había bendecido las frutas el día anterior? No lo recordaba… Como tampoco recordaba si había puesto una cláusula para los electrodomésticos que eventualmente pudieran aterrizar en casa.

—Creo que no… —me lamenté.

Ryan me señaló.

—Papá, ¡la loca sigue hablando sola!

—Déjala tranquila, muchacho, y prueba el licuado de una vez.

—Señor, ¡sí, señor!

El enano se arrodilló encima de la silla —el vaso le quedaba alto— y usó una cuchara para revolver la espuma del licuado. Se llevó un poco a la boca y asintió, conforme.

—¡Delicioso!

—Bueno. ¡Bebe un poco! —lo arengó papá.

Con una sonrisa, Ryan acercó el vaso a su boca. Cuando estaba empinándolo, frunció el entrecejo y lo apoyó de nuevo sobre la mesa. Se quedó viendo la espuma por un rato. ¿O en realidad la estaba leyendo…?

—¡Jessica Lynn Evans! —chilló.

Maldición. ¡La licuadora me había delatado! Tragué saliva mientras Ryan me taladraba con su mirada y expresión de traición. Intenté esbozar una sonrisa inocente; pero él ya había juntado las piezas del rompecabezas.

—¿Lo siento?

¡Satán vive!

—Sabía que no había sido Bob. ¡Tú te comiste los dulces de Halloween! —refunfuñó, indignado—. ¡Eres la peor hermana del mundo!

Papá nos miró con curiosidad; pero, antes de que pudiera preguntar nada, yo ya me estaba alejando disimuladamente de la mesa.

—Bueno, eh… ¡Buen provecho!

Salí de la cocina con el corazón que me latía a mil, y una sola preocupación en mente: si la licuadora ya me había delatado con Ryan, solo me quedaba rezar para que la cafetera que había comprado el papá de Berta no mencionara nada sobre Chad. O peor aún…

¡Sobre el beso en el cine!

Chirimbolito

Katherina Orlowski es una escritora del interior argentino que se dedica a escribir relatos y novelas de ciencia ficción y terror. A partir del 2019 comenzó a publicar sus obras en formato digital y físico.

Actualmente, tiene dos series en curso: *Unknown Science Stories*, de ciencia ficción, y *Creepy Cosmos*, de terror bizarro. Ambas se actualizan mes a mes con nuevos números.

Jessica Gueller

Jessica Gueller es una ilustradora y concept artist que dejó atrás su pasado oscuro como diseñadora gráfica. Su enfoque es el diseño de personajes estilo cartoon. Participó en proyectos de literatura infantil y juvenil, juegos de mesa e ilustración en general. En su vida personal, la siguen conmoviendo series, películas y libros que consumía en su infancia noventosa.